이것은 물이다

이것은 물이다

어느 뜻깊은 행사에서 전한
깨어 있는 삶을 사는 방법에 대한 생각들

데이비드 포스터 월리스 지음

김재희 옮김

 나무생각

데이비드 포스터 월리스는 2005년 케니언대학의 졸업식에 연사로 참석했다. 강연의 주제는 연사 자신의 선택에 맡긴다는 조건이었다. 그가 졸업식 강연을 한 것은 이때가 처음이자 마지막이었다.

이것은 물이다

어린 물고기 두 마리가 물속에서 헤엄치고 있습니다. 그러다가 맞은편에서 다가오는 나이 든 물고기 한 마리와 마주치게 됩니다. 그는 어린 물고기들에게 고개를 끄덕이며 인사를 건넵니다. "잘 있었지, 애들아? 물이 괜찮아?"

어린 물고기 두 마리는 잠깐 동안 말없이 헤엄쳐 가다가 결국 물고기 한 마리가 옆의 물고기를 바라보며 말합니다. "도대체 물이란 게 뭐야?"

졸업식의 주제강연이라고 하면 으레 갖추어야
하는 조건이 있습니다. 즉, 교훈이 담긴 일화(逸話)
를 늘어놓는 것입니다.

일화식 강연이 졸업식 강연으로서는 덜 엉터리 같고, 그래도 좀 나은 축에 든다고 할 수 있겠지요……. 혹시라도 내가 지혜로운 나이 든 물고기를 자처하면서 여러분 어린 물고기들에게 물이 무엇인지 설명하려는 게 아닌가 걱정하는 사람이 있다면, 조금도 염려할 필요 없습니다.

나는 지혜로운 어른 물고기가 아닙니다.

물고기의 일화가 전하는 일차적인 논점은 지극히 당연하고 어디에서나 쉽게 볼 수 있는 중요한 현실이 사실은 가장 보기 힘들고 논하기 어렵다는 점입니다.

물론 이 말은 진부하고 상투적인 이야기로밖에는 보이지 않습니다—하지만 성인이 되어 날마다 겪어야 하는 인생의 최전선에서 진부하고 상투적인 것이야말로 생사를 좌우할 만큼 중요한 것일지도 모릅니다.

오늘 이 청명하고 아름다운 날 아침, 여러분에게
그 말을 하고 싶습니다.

물론 여러분이 받은 인문학 교육의 의미가 무엇인지 논하고 여러분이 잠시 후 수여받을 학위가 그저 물질적인 상환에 불과한 것이 아니라 실제로 인간적인 가치를 갖고 있다는 사실을 설명하는 것, 그것이 내가 이곳에 연사로서 서 있는 중요한 명분이기도 합니다.

그러니 대학 졸업식 강연에서 가장 보편적으로 거론되는 상투적인 주제부터 따져봅시다. 즉, 인문 교육이란 학생의 머리를 지식으로 가득 채우는 것이라기보다는 '학생에게 생각하는 방법을 가르치는 것이다'라는 주제 말입니다.

만일 여러분이 대학 시절의 나와 비슷하다면 이런 얘기를 듣고 싶어 한 적이라곤 없었을 것입니다. 누군가에게 생각하는 방법을 배울 필요가 있다고 말하는 것은 모욕이 아니냐는 느낌조차 있을 것이 분명합니다. 이런 훌륭한 대학에 입학했다는 사실 자체가 이미 생각하는 법을 알고 있다는 증거가 아니겠냐고 말이지요.

하지만 이 인문학적 클리셰(cliché)*가 절대로 무례한 생각이 아니라는 사실을 밝히고 싶습니다. 왜냐하면 이 같은 교육의 장에서 받기 마련인 사고(思考)에 대한 가르침이라는 것이 실제로 사고하는 능력에 대한 것은 아니기 때문입니다. 그보다는 무엇을 생각하느냐 하는 주제 선택에 관한 것이 학교 교육의 주요 목적인 것입니다.

* 상투적인 문구 - 옮긴이

우리가 무엇을 생각할지 선택하는 데 있어 완전한 자유를 갖고 있다는 개념이 지극히 당연한 것이기 때문에 그런 얘기는 시간 낭비라고 생각하는 사람이 있다면, 그 사람들에게 물고기와 물을 생각해보라고 하고 싶습니다. 그리고 몇 분 동안만 너무나 당연한 사실에 관한 회의적인 생각을 괄호 안에 넣고 참아주었으면 합니다.

진부한 일화 한 가지만 더 소개하겠습니다.

알래스카의 외딴 황무지에 있는 한 술집에서 두 사나이가 술을 마시고 있습니다.

한 사람은 유신론자이고 다른 한 사람은 무신론자입니다. 맥주를 넉 잔쯤 마시고 적당히 취기가 오른 두 사람은 신의 존재에 대해 논쟁을 벌이고 있습니다.

무신론자가 말합니다. "여보게, 내가 딱히 이유
도 없이 신을 믿지 않는 게 아니란 말일세."

"나라고 하느님이라든가 기도라든가 하는 것들을 한 번도 안 해본 줄 아나?"

"바로 지난달에 있었던 일만 해도 그래. 고약한 폭설이 있던 날인데, 캠프 근처에서 그만 길을 잃고 말았어. 눈앞에 보이는 건 아무것도 없지, 도대체 여기가 어딘지도 모르겠지, 날씨는 영하 50도였고 말이야. 그래서 했지. 기도를 했단 말이야. 눈 위에 무릎을 꿇고 소리쳤어. '하느님, 만약 하느님이 계시다면 말이에요, 이 폭설에 길 잃은 저를 보십시오. 당신이 안 도와주시면 저는 죽는 수밖에 없습니다!'"

그러자 곁에 있던 유신론자가 무척 의아하다는 얼굴로 무신론자를 바라봅니다. "음, 그러면 이제는 신을 믿겠구먼." 그가 말합니다. "결국 이렇게 멀쩡히 살아 있으니 말이야."

유신론자의 말에 무신론자는 눈알을 굴리면서 이런 바보는 처음 봤다는 듯한 표정을 짓습니다. "그게 아니라고, 이 사람아. 때마침 에스키모인 몇 명이 근처를 지나가다가 나를 본 것뿐이었어. 그 사람들이 길을 가르쳐준 덕분에 캠프로 돌아올 수 있었던 거지."

인문학적인 기준에서 이 일화를 분석하는 것은 그리 어려운 일이 아닙니다. 예컨대, 똑같은 체험이 두 개인에게 완전히 다른 두 가지 의미를 가질 수 있다, 이들이 지닌 신념의 형판(型板)이 각기 다르고 경험에서 의미를 추출하는 방식이 전혀 다른 종류이기 때문이다, 라고 말입니다.

우리는 신앙에 대한 관용과 다양성을 극히 소중하게 여깁니다. 따라서 인문학적인 접근 방법의 어느 구석에서도 한쪽의 해석이 옳고 다른 한쪽의 해석이 틀렸거나 혹은 나쁘다고 하는 주장을 찾아볼 수는 없습니다.

그래서 안 될 것도 없습니다. 단지 이런 접근 방법으로는 이 두 개인의 형판과 신념이 시작된 근원이 도대체 어디인지, 즉 이 두 사람의 **내면** 어디에서 오는 것인지 토론할 기회가 전혀 없게 되는 것이 문제입니다.

마치 세상을 향한 어떤 사람의 근본적인 자세와 그가 겪은 체험에서 얻은 의미가 모두 자동적으로 배선(配線)되었다는 듯이 말입니다. 사람의 키라든가 구두 사이즈처럼, 또는 문화적으로 흡수해서 배우게 되는 언어처럼 가정하는 결과를 가져온다는 말이지요.

우리가 의미를 구축하는 것이 실제로 개인적이
고 의도적인 선택이며 의식적인 결정에 의해 이루
어지는 과정이라는 것을 부정하는 셈이지요.

그뿐인가요, 교만이라는 문제도 걸려 있습니다.

무신론자는 도움을 청한 자신의 기도와 에스키
모인들 사이에 어떤 관계가 있을 수 있다는 가능성
을 완전히 배제한 채, 불쾌할 만큼 확신에 차서 이
것이 신의 개입이 아니라고 믿고 있습니다.

물론, 세상에는 자기의 해석만이 옳다고 교만하
게 확신하는 유신론자들도 너무나 흔합니다.

오히려 이 사람들이 무신론자들보다도 더 불쾌한 이들일지도 모릅니다. 적어도 여기 있는 사람들 대부분에게는 말입니다. 그러나 실상 유신론 독단주의자의 문제는 앞의 일화 속 무신론자의 문제와 똑같습니다―즉, 교만과 맹목적인 확신, 그리고 자신이 갇혀 있다는 사실조차 알지 못할 만큼 완전무결한 감옥처럼 꽉 닫혀 있는 마음 말입니다.

나는 이것이 '사고하는 방법을 가르친다'는 인문학의 만트라(mantra, 呪文)에 담긴 진정한 의미 중 하나라고 생각합니다. 조금은 덜 교만하고, 자기 자신과 자기의 확신에 대한 '비판적인 인식'을 약간은 소유하고 있는 것 말입니다……. 나 자신도 모르게 확신하기 쉬운 것들이 사실은 대부분 완전히 잘못 알고 있거나 착각하고 있었다는 결과로 나타나기 때문입니다.

나는 이 사실을 어려운 방식으로 배웠습니다. 예언합니다만, 여러분 역시 마찬가지로 힘들게 이 사실을 알게 될 것입니다.

너무나 분명한 오류인데도 불구하고 무의식적으로 사실로 확신하게 되고 마는 사례를 하나 살펴보겠습니다.

내가 직접 겪은 체험들은 나 자신이 이 우주의 확고한 중심이자 이 세상에 존재하는 가장 진실하고 가장 눈에 띄며 가장 중요한 인물이라는 심오한 신념을 뒷받침합니다.

우리는 태생적인, 그리고 기본적으로 자기중심적인 이러한 경향에 대해 생각하는 일이 별로 없습니다. 사회적으로 용납받기 어려운 성향이기 때문이지요. 그렇지만 우리 모두 너 나 할 것 없이 깊은 속마음에 똑같이 갖고 있는 경향이기도 합니다.

이는 컴퓨터의 디폴트세팅(default setting)* 같은 것으로, 태어날 때부터 이미 우리 머릿속 전자판에 영구히 박혀 있는 장치라고도 하겠습니다.

* 기본설정 – 옮긴이

자, 생각해봅시다. 지금껏 나 자신이 절대적인 중심에 존재하지 않았던 체험이라고는 한 번도 없지 않습니까.

우리가 경험하는 세상은 우리 앞에, 혹은 우리 뒤에, 우리 왼쪽이나 오른쪽에, 텔레비전에, 컴퓨터 화면 등등 어디에서나 일어나고 있습니다.

다른 사람의 생각이나 감정은 어떤 방법으로든
전해지지 않으면 알 수 없습니다. 반면 나 자신의
생각과 감정은 직접 일어나는 일이며, 절박하고,
실존하는 현실입니다.

이만하면 무슨 말인지 알겠지요.

하지만 걱정할 것 없습니다. 온정 있는 인품에
관해서, 타인 지향적 철학에 관해서, 또는 이른바
'미덕'에 대해서 설교하려는 것은 아니니까요.

이것은 미덕의 문제가 아닙니다—이는 우리의 선택의 문제입니다. 태어날 때부터 주어진 디폴트 세팅, 즉 내면 깊숙이 자리 잡은 자기중심적인 본성과 자신이라는 렌즈로 만물을 보며 해석하도록 되어 있는 경향을 무슨 수로든 개조하든가 지워버리든가 하는 작업을 자기 과업으로 삼을 수 있다는 것입니다.

이 태생적인 디폴트세팅을 이처럼 조절(adjust) 하는 **능력**을 갖추고 있는 사람을 흔히 '잘 적응한 (well-adjusted)', 즉 정신적·정서적으로 안정된 사람 이라고 묘사합니다. 이런 표현이 결코 우연히 생긴 묘사가 아니라는 것이 내 생각입니다.

여러분이 받은 학문적인 상황을 감안한다면, 가장 먼저 떠오르는 질문은 우리의 디폴트세팅을 조절하는 작업에 있어 실제로 지식(knowledge)과 지성(intellect)이 과연 얼마나 많이 관련되느냐가 되겠습니다.

대답은, 놀랄 일도 아니지만, 어떤 종류의 지식
을 우리가 논의하고 있느냐에 달려 있습니다.

학교교육의 가장 위험한 면이 있다면, 적어도 나 자신의 경우, 사물을 과잉으로 지성화하는 버릇을 강화한다는 점입니다. 단순히 내 앞에서 일어나고 있는 일에 주목하는 대신 추상적인 사고 속에서 헤매는 경향을 마음껏 발휘하도록 하는 것입니다.

내 **안**에서 일어나고 있는 일에 주목하는 대신에
말이지요.

지금쯤 여러분도 잘 알고 있을 것입니다. 자기 자신의 머릿속에서 계속되는 독백에 최면처럼 홀려 있는 대신 정신을 바짝 차리고 주의 깊게 사물을 관찰한다는 것이 얼마나 힘든지 말입니다.

반면 여러분이 아직도 모르는 것이 있다면, 그것은 우리가 이 싸움에 걸고 있는 것이 무엇인가 하는 점입니다.

대학을 졸업한 지 20년이 흐른 지금에서야 나는
조금씩 어째서 교육이 운명을 좌우하는 역할을 하
는지 알게 되었습니다. 그리고 흔히 말하는 '인문
학은 어떻게 생각하느냐를 가르친다'라는 클리셰
가 사실은 매우 심오하고 중요한 진실의 폐부를 찌
르고 있다는 것을 알게 되었습니다.

'생각하는 법을 배운다'는 말이 진정으로 뜻하는 바는 **어떻게** 생각하는가와 **무엇을** 생각하는가에 대해 선택하는 방법을 배운다는 것입니다.

이 말은 의식이 확실하고 정신을 바짝 차린, 각성된 상태가 되어 자신이 주의 깊게 관찰해야 하는 대상을 **선택**하며, 자신의 체험을 통해 의미를 구성할 때 그 방법을 자기가 **선택**한다는 뜻입니다.

어른이 되어서 이런 종류의 선택을 행하지 않거나 선택을 할 줄 모른다면 인생은 엉망이 되고 말 것이기 때문입니다.

정신은 '훌륭한 하인이지만 주인 노릇은 몹시 서
투르다'라는 오래된 이야기에 대해서도 한번 생각
해봅시다.

이 구문 역시 수많은 클리셰처럼 겉으로 보면 진부하기 그지없는 말이지만, 실제로는 엄청난, 또 혹독한 진실을 담고 있습니다.

성인이 총으로 자살하는 경우 거의 모두 자기 **머리**에 총상을 입힌다는 것은 결코 우연이 아닙니다.

게다가 자살한 사람들 대부분이 방아쇠를 당기기 훨씬 전부터 이미 죽은 거나 다름없었다는 것이 사실입니다.

이것이야말로 여러분이 받은 인문학 교육의 진가라고 나는 감히 주장하고 싶습니다. 성인으로서의 삶을 그저 편안하고 순조롭게, 그럴싸한 모습으로 **죽은 사람같이** 살지 않는 방법, 무의식적인 일상의 계속이 아닌 삶을 사는 방법, 또한 자기 머리의 노예, 허구한 날 독불장군처럼 유일무이하며 완벽하게 홀로 고고히 존재하는 태생적 디폴트세팅의 노예가 되지 않는 삶을 살아나가는 방법을 배우는 것입니다.

내 말이 과장이 심하거나, 또는 추상적인 허튼 소리 정도로 들릴지도 모르겠습니다.

그러면 구체적인 이야기로 들어가봅시다.

명백한 사실은 여러분이 아직까지 이 '허구한
날'이라는 말이 무엇을 의미하는지 감을 못 잡고
있다는 것입니다.

어른으로서 살아가는 삶 가운데 아무도 졸업
연설에서 언급하려 하지 않는 커다란 부분이 있
습니다.

권태, 판에 박힌 일상과 시시한 좌절 같은 것들
말입니다.

여기 계시는 학부모님들과 나이 지긋하신 분들
은 이 말의 뜻을 너무나도 잘 알고 계실 것입니다.

평범한 성인의 하루 일과를 예로 들어봅시다. 아침이면 일어나 출근을 합니다. 대학 졸업자에 합당한, 힘들고 도전적인 전문 사무직이겠지요. 사무실에 도착해 아홉 시간 혹은 열 시간 동안 열심히 일을 합니다. 이제 날이 저물어 하루를 마칠 때쯤 되면 이 샐러리맨은 피곤하고 신경이 극도로 날카로워진 나머지 한시라도 빨리 집에 가서 맛있는 저녁을 먹고 한두 시간 정도 쉰 다음 일찍 잠자리에 들고 싶은 생각만 간절합니다. 내일 아침 일찍 일어나 오늘과 같은 일과를 또다시 되풀이해야 하기 때문이지요.

그런데 집에 먹을 것이 아무것도 없다는 것이 퍼
뜩 생각납니다―힘겨운 직장 생활 덕에 이번 주에
는 장 볼 시간도 없었거든요―그러니 퇴근 후에 차
를 끌고 슈퍼마켓으로 향해야 합니다.

평일 퇴근 시간이라서 길은 차로 꽉 막혀 있고 슈퍼마켓까지는 여느 때보다 훨씬 더 많은 시간이 걸립니다. 마침내 도착은 했으나 내부는 인파로 가득 차 있습니다. 그도 그럴 것이 이 시간은 다른 직장인들도 일용할 양식을 장바구니에 쓸어 담으려고 하는 시간대이기 때문이지요. 매장은 무시무시할 정도로 눈부신 형광등 불빛으로 번쩍이고, 영혼을 좀먹는 음악과 광고들이 귀를 때립니다. 웬만해선 절대 가고 싶지 않은 곳이지만, 일단 들어가면 잽싸게 빠져나올 수가 없는 것이 현실입니다.

눈을 멀게 하는 밝고 거대한 상점의 붐비는 통로를 비집고 다니며 물건을 찾아다닙니다. 잡동사니가 가득 든 카트를 밀며, 나와 마찬가지로 피곤하고 마음 급한 다른 사람들이 모는 카트와 카트 사이를 돌파해야 하는 것입니다. 물론, 빙하가 움직이는 것처럼 느려터진 노인네들이 있는가 하면, 마약에 취한 것처럼 멍해 있는 인간들도 있으며, 제정신이 아닌 듯 산만한 아이들이 통로를 가로막고 있기도 합니다. 그런 인간들에게 공손하려 애쓰면서 지나갈 수 있게 옆으로 비켜 달라고 이를 악물고 요청합니다.

드디어, 마침내, 저녁거리를 모두 찾아 카트에
채웠습니다. 그런데 아직 다 끝난 게 아닙니다. 계
산대 줄이 믿을 수 없을 정도로 엄청 길게 늘어서
있습니다. 퇴근 시간이 막 지난 러시아워임에도 불
구하고 열려 있는 계산대가 턱없이 모자라는 것이
지요.

이 사태가 정말 어처구니없고 화가 치밀지만, 그러잖아도 미친 듯이 계산대를 두드리고 있는 직원에게 화를 낼 수도 없는 노릇입니다. 여기 이 훌륭한 대학에 있는 우리 어느 누구도 상상하지 못할 만큼 권태롭고 무의미한 일과에 시달리며 과중한 업무에 혹사당하고 있는 처지니 말이지요……. 아무튼, 그러는 사이에 마침내 줄 맨 앞에까지 당도했습니다. 찬거리 값을 계산하고 카드나 수표 승인을 마치고 나면 직원이 "좋은 하루 보내십시오"라는 인사를 건넵니다. 그 목소리야말로 **죽음**의 목소리 그 자체라고 할 만합니다.

이제 식료품을 담은 금방이라도 찢어질 것같이 얇디얇은 싸구려 비닐봉투를 카트로 옮겨놓습니다. 카트는 바퀴 하나가 절단 났는지 자꾸 왼쪽으로 밀려가서 사람을 미치게 합니다. 그 요망한 카트를 밀고 북새통에, 바닥은 울퉁불퉁하고, 쓰레기까지 흐트러져 있는 주차장을 가로질러 자기 차에 도착합니다. 그러고는 봉투들을 요령 있게 트렁크 안에 배치해야만 합니다. 집까지 운전해 가는 동안 물건들이 쏟아져 나와 트렁크 바닥에 이리저리 굴러다니면 안 되니까요. 그런 다음에야 머나먼 내 집을 향해 출발합니다. 운전대를 쥐고 자동차로 가득 찬 러시아워의 교통지옥으로 떠나는 것입니다.

물론 이것은 여기 모인 우리 모두 너 나 할 것 없이 다 겪어본 일입니다—아직까지 졸업생 여러분에게는 날마다, 몇 주일이 지나도 똑같이, 아니 몇 달, 몇 년이 지나도록 변함없이 겪는 일과는 아닐 것입니다.

하지만 곧 닥쳐올 현실입니다. 뿐만 아니라 지루
하기 짝이 없는, 성가시고 무의미하게만 여겨지는
더 많은 일상들이 더해질 것입니다……

그러나 요점은 그것이 아닙니다.

이처럼 시시하고 불만족스런 일에 당면했을 때야말로 선택의 작업이 필요한 순간이라는 것이 바로 내가 말하고 싶은 요점입니다.

교통마비와 붐비는 상점 통로, 계산대 앞의 기나긴 줄 덕분에, 나는 생각할 시간을 얻을 수 있습니다. 나는 무엇에 주의를 기울여야 하는지, 그리고 어떻게 생각해야 하는지를 의식적으로 선택해야 합니다. 그러지 않으면 장을 보러 갈 때마다 머리끝까지 화가 치밀고 고통스러울 것입니다. 나의 태생적인 디폴트세팅은 이런 상황 속에서 오로지 **나**에게만 집중하기 때문이지요. 내가 배고프다는 사실, 내가 고단하다는 사실, 내가 무엇보다도 간절하게 집에 돌아가고 싶어 한다는 사실 말입니다.

그러다 보니 이 세상 다른 사람들은 누구를 막론하고 그저 **내 길을 가로막고 있는 걸림돌**일 뿐이며, 내 길을 가로막고 있는 이 빌어먹을 인간들은 도대체 뭐 하는 놈들이냐, 라는 결론이 나오게 되는 것입니다.

그 인간들이 다들 얼마나 짜증 나게 생겼는지 보십시오. 멍청한 표정, 황소같이 생긴 몸골에, 눈은 썩은 동태 눈깔처럼 퀭한 것이 사람도 아닌 것 같은 몸뚱이들이 계산대 앞에 줄지어 서 있는 꼴이라니. 줄 한가운데 서서 휴대전화로 소리를 버럭버럭 지르며 지껄이고 있는 무례하고 짜증 나는 꼬락서니는 또 어떻고요. 이 상태가 얼마나 불공평한지 생각해봅시다. 하루 종일 죽도록 열심히 일한 내가, 지금 허기지고 피곤해서 못 견딜 지경인데, 이 바보 같은 망할 놈의 **인간들** 때문에 집에 가서 밥 먹고 좀 쉬지도 못하고 있는 것 아닙니까.

한편, 만약 나의 디폴트세팅이 좀 더 사회의식이 강한 인문학적 형태라면 퇴근 시간 교통마비에 걸린 차에 앉아서 길을 가득 채운 쓸데없이 덩치만 큰 SUV와 허머*, 픽업트럭들을 향해 화를 내고 넌더리를 내며 시간을 보낼 수도 있습니다. 40갤런짜리 탱크를 가득 채운 석유를 펑펑 써대는 이기적이고 사치스러운 놈들 말입니다. 더불어, 애국심이나 신앙심을 고취하는 슬로건 스티커는 왜 항상 가장 큰 덩치의 구역질 나도록 이기적인 자동차에 붙어 있는지, 왜 그런 차를 모는 인간들은 아주 못생기고 무례한 난폭꾼들인지, 게다가 운전 중에 계속 휴대전화로 떠들어대면서 꽉 막힌 차도에서 기껏

---

* 사륜구동 지프형 차량 브랜드 – 옮긴이

해야 몇 미터 앞서 가기 위해 남의 차 앞으로 밀고 들어오는 그런 못된 운전자들일까 하는 문제들을 곰곰이 생각해볼 수도 있습니다. 그 외에도 앞으로 우리 후세들이 그들이 써야 할 연료를 몽땅 낭비해 버리고 기후를 망쳐버린 우리 조상들을 얼마나 경멸할까, 또 우리가 얼마나 제멋대로 살고 있으며 어리석고 이기적이며 구역질 나는 존재인가 하는 생각들, 그리고 이 모든 것들이 얼마나 **짜증 나는지** 등등 꼬리에 꼬리를 무는 다양한 생각에 잠길 수도 있겠습니다.

이렇게 생각하기로 결심했다면, 그것도 좋습니다. 많은 사람들이 그렇게 하니까요— 다만 한 가지 짚고 넘어가자면, 이런 선택은 무척 쉽고 자동적으로 이루어지는 경향이 강해서 **굳이 선택해야만 하는 것**은 아니라는 거지요.

이러한 방식으로 생각하는 것은 나의 타고난 디폴트세팅이니까요.

나 자신이 바로 이 세상의 중심이며 지금 이 순간 내가 가진 욕구와 감정만이 세상의 우선순위를 결정하는 기준이어야 한다고 믿는 자동적이고 무의식적인 모드가 작동하고 있을 때, 나는 일상의 권태롭고 불만족스럽고 다사다난한 부분들을 이러한 방식으로 체험하게 됩니다. 이는 자동적으로, 무의식적으로 이루어지는 것입니다.

내가 말하고 싶은 것은 이런 경우에 처했을 때
생각하는 방법에는 분명 다른 선택의 여지가 있다
는 사실입니다.

교통체증에 걸려 꼼짝 못하고 있는 지금, 내 앞을 막고 있는 수많은 차량의 물결 속에서 말입니다. SUV를 몰고 있는 이들 가운데 과거에 심각한 교통사고를 당한 일이 있어 그 후유증으로 운전 공포증에 시달리게 된 사람이 있을지 누가 알겠습니까? 크고 튼튼한 SUV를 몰면 보다 안전하고 편안하다고 느낄 수 있다는 정신과 의사의 권고를 받아들여서 말이지요. 방금 내 앞으로 끼어든 저 허머 자동차는 다쳤거나 아픈 아이를 옆 좌석에 태운 채 급히 병원으로 달려가는 중일지도 모릅니다. 그렇다면 나보다 훨씬 더 급하고 위중한 상황인 게지요—누군가의 길을 막고 있는 것은 **그**가 아니라 오히려 **나** 자신일 수도 있다는 겁니다.

마찬가지로 슈퍼마켓의 계산대 앞에 늘어서 있는 사람들 하나하나 역시 나만큼이나 권태와 불만족에 젖어 있을 수 있다고 생각하기로 결심할 수도 있습니다. 더불어 이 중에 어떤 사람들은 실제로 나보다 훨씬 혹독한 삶, 더 따분하고 고통스러운 인생을 살고 있을지도 모른다고 생각해볼 수도 있습니다.

이와 같은 방향으로 계속 진행해볼 수 있다는 것입니다.

다시 말하지만, 내가 여러분에게 도덕적인 충고를 하려 든다거나, 또는 '이런 식으로 생각하는 것이 좋다'라고 일러주려 한다고 생각하지 말아주십시오. 여러분이 알아서 자연스럽게 그러한 사고방식을 선택하기를 기대하는 이들이 있다는 것도 아닙니다. 왜냐하면 이 같은 결정을 내리는 것은 여간 어려운 일이 아니니까요. 강한 의지와 정신적 노력이 필요하기 때문입니다. 여러분이 나와 크게 다르지 않다면, 힘이 부쳐 그렇게 하지 못하는 날이 있는가 하면 그저 하기 싫어서 그렇게 안 하는 날도 있을 겁니다.

그렇지만 대부분의 일상에서 자기 자신에게 선택권을 줄 만한 상태를 유지하고 있다면, 여러분은 지금 막 계산대 줄에서 자기 아이에게 고래고래 소리를 지른 육중한 몸매에 멍한 눈, 짙은 화장까지 한 여성을 좀 다른 눈으로 보겠노라고 작정할 수 있습니다—평소에는 이런 모습이 아닐지도 모릅니다. 어쩌면 골수암으로 죽어가는 남편의 손을 붙잡고 사흘 밤을 한숨도 못 자고 꼬박 새웠는지도 모르지요. 아니면 바로 이 여자야말로 어제 악몽 같은 서류 절차 때문에 고생하던 여러분의 아내나 남편에게 자그마한 관료적 친절을 베풀어 난관을 모면하게 해준 운전면허과 직원, 저임금 직급에 속하는 그 여직원인지도 모르겠습니다.

물론 이와 같은 사례가 그리 흔한 것은 아닙니
다. 하지만 완전히 불가능한 경우도 아니지요—다
만 여러분이 어떤 가능성을 고려하고 싶은가에 따
라 사태는 정해지는 것입니다.

진실이 무엇인지를, 또한 누가 그리고 무엇이 정말 중요한지를 알고 있다고 무의식적으로 확신한다면—자신의 디폴트세팅을 작동시키길 원한다면—내가 그러하듯이, 아마도 여러분은 부질없고 성가시지 않을 수 있는 가능성 따위는 별로 고려할 생각이 없을 것입니다.

그러나 여러분이 생각하는 법, 주의를 기울여 사물을 관찰하는 법을 진실로 배웠다면 선택의 여지가 있다는 것을 알게 될 터입니다.

혼잡한 데다가 후덥지근하고 서비스는 느려터진 소비자의 지옥이 바로 여기가 아닌가 싶은 사태를 변화시켜 의미심장할 뿐만 아니라 성스럽기까지 한, 별을 빛나게 하는 기운만큼이나 찬란한 체험으로 만드느냐 못 하느냐가 여러분의 의지에 달려 있다는 것입니다—즉 연민, 사랑, 온갖 만물의 내면에 존재하는 융합을 체험하고자 하는 선택입니다.

여기서 그 신비로운 현상이 반드시 진실이라고 말하려는 것은 아닙니다. 진짜로 크고 굵게 강조해야 마땅한 진실이 있다면 그 신비로운 현상을 어떻게 볼지 스스로 **결정**하게 된다는 것이겠지요.

이것이 바로 진정한 교육의 자유, 정서적 안정을 성취하는 배움의 자유라고 나는 감히 말하고 싶습니다. 즉, 무엇이 의미 있는 일이고 무엇이 무의미한 일인가를 여러분 자신이 자각적으로 결정하는 자유 말입니다.

무엇을 믿고 싶은지는 당신이 결정합니다…….

왜냐하면 여기 또 한 가지 진실이 있으니까요.

삶이라는 매일매일의 전장에서는 무신론이라는
것이 실상 존재하지 않습니다.

믿지 않는다는 개념 자체가 없다는 얘기입니다.

사람은 누구나 무엇을 믿습니다.

우리에게 허락된 것은 **무엇**을 믿고 숭배하느냐
에 대한 선택권일 뿐입니다.

특정 신이나 정신적 존재를 믿기로 선택하는 데 있어 분명한 이유가 있다면—그 대상이 예수 혹은 알라이든, 야훼나 위카(Wicca)*의 모신(母神)이든, 아니면 불교의 사성제(四聖諦)나 범할 수 없는 도덕 원칙이든 간에—우리가 숭배하는 것이 우리를 종속시킨다고 볼 수 있습니다.

* 20세기 초에 영국에서 시작된 마법 숭배 종교 – 옮긴이

만일 돈이나 물질을 믿는다면―그것이 우리 인
생의 진정한 의미를 구축한다면―더는 필요 없다
는 충족감은 결코 가질 수 없을 것입니다.

절대로 충족감을 느낄 수 없습니다.

진실로 그렇습니다.

자기 자신의 육체, 미모, 성적인 매력을 중시하
는 사람은 자신이 항상 못생긴 것 같은 느낌에 사
로잡힌 채 삽니다. 그래서 시간과 나이의 흔적이
보이기 시작하면 최종적으로 땅속에 묻히기도 전
에 백만 번씩 죽었다 깨어납니다.

어떤 면에서 우리는 모두 이런 사실을 이미 알고 있습니다—신화, 속담, 클리셰, 틀에 박힌 문구, 경구, 우화 등 모든 유명한 이야기의 뼈대를 이루는 사실이 바로 이것 아니겠습니까.

문제는 우리가 일상생활 가운데 이러한 진실을
전면에 두고 우선하며 살 수 있을까 하는 것입니다.

권력을 숭배하는 사람은 자신이 약하다는 두려움에 가득 찬 인생을 살게 되며, 그 두려움을 물리치기 위하여 타인에게 행사할 힘을 점점 더 필요로 하게 됩니다.

자신의 지성을 믿고 똑똑한 사람으로 보이고 싶어 하는 사람은 종국에는 자신이 어리석은 협잡꾼인 것 같은 생각에 사로잡혀 항상 누군가에게 이를 들킬 것만 같은 두려움 속에 살게 됩니다.

일일이 열거하자면 끝이 없습니다.

이런 형태의 숭배에서 진정한 위험은 그 자체가 사악하다거나 죄를 짓는 일이기 때문이 아닙니다. 문제는 이런 숭배가 **무의식적으로 진행된다**는 데 있습니다.

디폴트세팅이 된다는 것입니다.

그런 숭배는 자기도 모르는 사이에 날이면 날마다 빠져들어 가는 것이고, 자신이 무엇을 보고 어떤 가치관으로 사물을 가늠하는지에 관한 선택 범위가 점점 더 좁아지는데도 정작 본인이 그러고 있다는 것조차 온전히 깨닫지 못하게 되는 종류의 믿음입니다.

이른바 '진짜 세상'은 여러분이 디폴트세팅을 바탕으로 사는 것을 말리지 않을 것입니다. 남성과 돈과 권력이 지배하는 '진짜 세상'은 공포와 경멸, 좌절과 갈망 그리고 자기 숭배를 연료로 쓰면서 잘 굴러가고 있기 때문입니다.

현재 우리의 문화도 이런 경향을 동력화해 엄청난 부와 편의 그리고 개인적 자유를 산출해내고 있습니다.

해골 크기만 한 우리의 조그만 왕국에서 만물의
중심에 홀로 군림하는 그 자유 말입니다.

이런 종류의 자유는 매우 매력적이지요.

하지만 자유에도 여러 가지 다양한 종류가 있습니다. 승리하고 성취하고 과시하는 행위가 주류를 이루는 위대한 바깥세상에서는 별로 언급되지 않는 자유야말로 가장 귀중한 자유입니다.

진실로 중요한 자유는 집중하고 자각하고 있는 상태, 자제심과 노력, 그리고 타인에 대하여 진심으로 걱정하고 그들을 위해 희생을 감수하는 능력을 수반하는 것입니다. 그것도 매일매일 몇 번이고 반복적으로, 사소하고 하찮은 대단치 않은 방법으로 말입니다.

그것이 진정한 자유입니다.

생각하는 법을 배운다는 것은 바로 이것입니다.

그렇지 않으면 우리에게 남는 것이라고는 무의
식 상태, 디폴트세팅, 그리고 극심한 '생존경쟁'밖
에 없습니다—전에는 자기 것이었던 무한한 무엇
인가를 잃어버린 것은 아닌가 하는 끊이지 않는 고
통밖에 남지 않는 것이지요.

응당 즐겁고 쾌활하고 영감을 불러일으켜야 마땅한 졸업식 주제강연치고는 내가 하는 이야기가 다소 틀을 벗어난 강연인 것을 잘 압니다.

그러나 내가 아는 한 이 강연은 진실을 제시하고 있습니다. 수많은 미사여구를 깎아내버린 진실이란 말이지요.

두말할 필요도 없이, 이 이야기에 대한 해석이야 어떻게 하든 여러분 마음대로입니다.

그렇지만 손가락을 흔들면서 꾸짖기 좋아하는 로라 슐레징어 박사*의 설교 같은 것이라고 여기지는 말아주십시오.

* 심리학자이자 유명 라디오 토크쇼 진행자 - 옮긴이

내 이야기는 도덕이나 종교 혹은 어떤 교리에 대한 것도 아니며, 내세에 관한 심오한 이야기도 아닙니다.

내가 강조하고 싶은 진실은 죽기 **전**의 삶, 현세에 관한 것입니다.

서른 살까지, 혹은 쉰 살에 이를 때까지도 자기 머리를 총으로 쏘아버리고 싶어지지 않고 살아남기 위해서 알아야 하는 진실입니다.

진정한 교육의 진가에 관해 이야기하고자 하는 것이 내 뜻입니다. 성적이라든가 학위와는 아무 상관도 없습니다. 다만 깨어 있는 의식에 관한 것입니다─너무나 당연한 현실이고 근본적인, 우리 주위 환히 보이는 곳에 있지만 그래서 오히려 잘 보이지 않는 숨어 있는 현실, 매일 끊임없이 그 존재를 스스로 깨우쳐주지 않으면 발견하지 못하는 그런 현실, 그런 현실을 알고 살아가는 각성에 대한 이야기입니다.

"이것이 물입니다."

"이것이 물입니다."

"그 에스키모인들은 사실 눈에 보이는 것 이상의
무언가 다른 게 있는 존재일지도 모릅니다."

자각 있게, 어른스럽게 일상을 살아간다는 것,
이것은 상상도 못할 만큼 힘든 일입니다.

이는 곧 다음과 같은 또 하나의 클리셰가 진실이라는 의미입니다. 교육이란 실로 일생의 과업(job)이며, 문자 그대로 진출(commence)*입니다—바로 지금 시작한다는 얘기지요.

* 졸업식을 'Commencement'라고 한다. - 옮긴이

여러분의 앞날에 행운 그 이상의 것이 함께하길
바랍니다.

데이비드 포스터 월리스가 세상을 떠난 후,
이 연설은 《월스트리트 저널》에 실렸고
책으로 다시 출간되었다.
고등학교와 대학에서도 가르치고 있으며,
역대 최고의 졸업식 연설로 찬사를 받고 있다.

우리가 월리스의 글을 읽는 이유는
우리로 하여금 생각하게 만들기 때문이다.
그는 우리 발아래와 물처럼 우리를 둘러싼 세상에
무엇이 있는지 생각하게 한다.

- The Christian Science Monitor

지식인을 위한 마지막 강의라 할 만하다.

- Time

놀라운 통찰력과 유머가 돋보이는 책이다.

- Mother Jones

이것은 물이다

초 판 1쇄 발행 2012년 9월 19일
개정판 1쇄 발행 2023년 4월 5일

지은이 | 데이비드 포스터 월리스
옮긴이 | 김재희
펴낸이 | 한순 이희섭
펴낸곳 | (주)도서출판 나무생각
편집 | 양미애 백모란
디자인 | 박민선
마케팅 | 이재석
출판등록 | 1999년 8월 19일 제1999-000112호
주소 | 서울특별시 마포구 월드컵로 70-4(서교동) 1F
전화 | 02)334-3339, 3308, 3361
팩스 | 02)334-3318
이메일 | namubook39@naver.com
홈페이지 | www.namubook.co.kr
블로그 | blog.naver.com/tree3339

ISBN 979-11-6218-245-1 03840